_____ 님께

_____ 드림

글벗시선227 신순희 신앙시집

나와
동행하시며

신순희 지음

도서출판 글벗

신앙 시집을 출간하며

"하나님은 우리의 피난처시요 힘이시니, 환난 중에 만날 큰 도움이시라."
— 시편 46편 1절

많은 이들이 찬양과 찬송을 부르며 자신의 마음을 그 위에 얹습니다. 그 찬양이 삶이 되기를 소망하며, 그렇게 하나님께 나아갑니다. 저 또한 그 가운데서 은혜의 강에 잠기곤 합니다.

살아가며 겪는 갈등과 어려움 속에서 하나님의 말씀에 비추어 '어떻게 동행하는 삶을 살아갈 수 있을까'를 묻고, 그 질문의 자리에서 시를 써내려 왔습니다.
내 뜻대로 살고 싶은 욕망과 말씀 앞에서 멈추고자 하는 마음 사이의 씨름을 조용히, 그러나 진실하게 시로 담아 보았습니다.

요란하지 않아도, 유난하지 않아도 말씀을 현실 속에서

지켜내는 일이 얼마나 큰 힘이 되는지를 배워가는 여정이었습니다.

그 길 위에서 나는 내 중심에 하나님을 두려 했고, 그분 안에서 에너지 넘치는 삶을 꿈꾸었습니다. 그리고 결국, 내 삶이 창조주께 한 걸음 더 가까이 나아가는 길이 되기를 바랐습니다.

— 『나와 동행하시며』를 펴내며

"너희는 가만히 있어 내가 하나님 됨을 알지어다."
— 시편 46편 10절

2025년 5월

차 례

제2부 무엇이 행복인가

제3부 말씀 위에 서다

제4부 우리 그렇게 살아요

제5부 그대는 사랑하는가

제6부 내 인생의 결론

■ 서평

제1부

길을 여는 자

계명

사랑이 개량되고 이 세상 눈멀어도
감정적 사람 아닌 의지적 사랑하자
내 안에
감도는 사랑
위로부터 왔으니

빛으로 오신 이의 색깔을 닮아보자
트리의 뿔의 상징 염원을 가득 담아
너 하나
나 하나뿐인
우리 모두 귀한 별

고통 속에

당하는 고난 채찍 심장을 후벼파니
흐르는 강물처럼 눈물샘 넘쳐흘러
길고 긴
여정 속으로
스며드는 인생길

음침한 사망의 길 혼자서 맞이하니
무서운 낭떠러지 피할 길 전혀 없어
옷소매
눈 가린 얼굴
기도 향기 흐르네

길을 여는 자

좁다란 오솔길로 드넓은 광야 길로
무익한 짧은 길로 유익한 오랜 길로
지치지
않고 가는 님
줄을 이어 따르네

날마다 서슴없이 새 길을 멈춤 없이
돌아갈 길이라도 신중히 탐색하니
안전한
삶의 여정은
이 길 내 길 생명길

내 영혼 아버지 품에

떠났다 보내는 이
　　　　　도착했다 가는 이

작고했다 존경 말
　　　　　돌아갈 회귀본능

본향에 이를 때까지
　　　　　사모하는 그 나라

내 평생에

그만이 나의 반석 시시로 의지하고
안식의 울타리를 기도로 엮었으니

접속된
나의 마음은
흔들리지 않으리

절망의 연자 맷돌 희망의 지푸라기
권능의 빛 가운데 하얗게 씻으리니

내 모든
멍에 버릴 때
기쁨으로 맞으리

다 이루었다

에언된 과정들이 다리를 꺾어 붙여
혈관을 찔러 찢고 피가 다 쏟아지고
날 위해
대속의 문턱
온몸으로 넘었다

그토록 갈망하며 무엇을 이루는가
인간의 포악함을 막을 길 없었으니
대속과
용서의 마음
십자가 상 성삼위

맷돌

새벽잠 깨어보니
등잔불 여명 밝혀
현무암 암수 한 쌍
묵묵히 숨은 일꾼

한 세상
돌고 도는 춤
반질반질 대물림

사랑받는 자

온유로 길이 참고
마음을 굳건하게

내 영혼 잘 됨 같이
범사에 축복받아

겸손한
하나님 말씀
새벽이슬 흔드네

사랑 번짐

쉴만한 푸른 초장

        내 몸에 지녔으니

그 발길 흐르는 강

        그 손길 멈추는 곳

은혜여
초록 은혜여

        황옥 햇살 비끼네

사명

달려갈 나의 길에
　　　　주님께 받은 사명

복음을 증언하는
　　　　복된 삶 여정 속에

내 생명
모두 맡기고
　　　　말씀답게 살기를

상속

예비된 하늘나라
　　　　　값없이 준다 하니

복 받을 자격 없는
　　　　　미천한 어린 생명

인자한
내 아버지께
　　　　　상속받아 누리리

성냥개비

순간의 위안일까

불꽃을 일으킨 건

그 많은 씨앗 중에

자랄 수 없는 뿌리

뜨겁게

죽는 순간도

소리 없는 아우성

속마음

비명을 지르듯이

　　　환난 날 부르짖음

　　　　최선을 다하면서

　　　　　　나의 길 맡기다가

내 뜻이

아닌 주님 뜻

두려운 적 있는가

쉴만한 물가

일상의 삶의 고뇌

생기를 찾아 줄 이

마르지 않는 물길

그 강가 누워보니

구겨진
마음의 안정
물소리에 펴지네

에바다

고운 싹 피어나서
제 몸의 가지 보듯
자라면 자랄수록
풍성한 나무 되듯
언제나 새롭게 보고
성장하게 하소서

벌들의 노랫소리
울창한 숲을 듣듯
수많은 음정 중에
참 소망 걸러 듣고
필요한 위로의 기도
공급하게 하소서

그 누가 시킨 듯이
모든 꽃 등불 달아
온 누리 밝게 하고
온 마음 맑게 하듯
마음 꽃 가다듬어서
삶을 열게 하소서

은총

마음에 탈이 난 후

영혼의
배설 조각

누군가 내 옆에서

닦아줄
친구 있나

한 사람 단 한 명의 벗

방황의 덫
치유자

크리스마스

음모의 칼날 속에 숨 멎은 귀한 생명
태어난 시기 같아 억울한 죽음 안고
공포의 푸른 눈동자
스러진 별 되었네

왕중왕 이름으로 한없이 미안한 맘
그 백성 품에 안고 눈물로 별을 세며
그날 밤 선포되는 말
너와 함께 하리라

빛나는 삼각기둥 촘촘히 박힌 별들
영혼의 불빛 되어 이 땅에 비추이네
하늘의 영광 땅 평화
임마누엘 그 이름

탐욕의 늪

욕심에 밑 빠진 독

　　　　채워도 끝이 없네

　　구슬 빛 눈동자에

비추고 또 담아도

　　눈 감아 이끼 섞인 뒤

　　　　의미 없는 헛수고

피난처

힘이요 노래 시며

구원된
여호와를

내가 늘 찬양하며

성호를
높이 들리

아버지 나의 하나님

영원하신
참 포도

헤맬 때

내면의 돌개바람

영혼을
우겨 싸고

한 걸음 운신조차

내딛지
못한 처지

다가와 손잡아 줄 이

오직 당신
나의 힘

현재

얼마나 행복한가

느끼는
감사 깊이

당연한 일상 속에

소소한
고마운 것

값없이 받은 소유물
내면세계
독후감

제2부

무엇이 행복인가

감사(1)

하늘의 주님께서

　　　나 같은 인생에게

　　　　　존귀와 영화로써

　　　면류관 씌우시니

내 허물 인자로 덮여

　　　　거듭나며 걷는다

감사(2)

선물로 주신 가족

　　　　　선물로 드립니다

　소박한 여린 가족

　　주 손에 올립니다

복 있는 걸음걸이로

　　　　축복하여 주소서

감사(3)

언제나 주와 동행
그 사랑 깊고 깊다
한평생 허물 많아
내 믿음 절름발이

때때로 떠나 있어도
어느 순간
계시네

눈에서 빛나는 물
공동체 기도 소리
씻기고 또 씻기어
내 마음 깃털처럼

지금도 새 힘 얻으며
미소 짓는
내 얼굴

감사(4)

생육과 번식 번성
충만한 대지마다
이 모든 큰 생태계
주님이 주신 축복

생육의 비밀 항아리
피어나는
생명 꽃

다스릴 모든 생물
보호할 땅 아래위
매일의 부활 능력
맡겨진 청지기 삶

창조자 당부 한 마디
모든 만물
은혜 꽃

감사(5)

하늘의 이슬처럼

대지의 새싹처럼

바다의 물결처럼

심연의 신비 품어

삶 속에 스민 일상들

감사로 피어난다

거둠의 미(美)

좋은 것 심었으나 들포도 맺었으니
씁쓸한 원인 분석 잡초를 가꾸었네

얼음 땅
갈 곳 없는 맘
죄의 본성 때문에

움돋이 꽃이 피고 근면에 뿌리내려
그날에 아름다운 결실로 지면 채워

황혼이
깃들기 전에
눈에 담은 빛고을

초록 봉사

밤새 비 내린 자리
내 마음 촉촉하다
줄기와 뿌리내어
차 한 잔에 담겨서

그대의 지친 하루를
부드럽게
감싸네

기운 돌게 하는 맛
웃음 돌게 하는 빛
줄지어 핀 둥굴레
봄바람에 일렁이고

작은 풀 둥근 뜻으로
살아가는
나이니

두루마리

예언을 받아 적은
짧고 긴 파피루스
약속의 징표 새겨
우리의 설계되니

대대로 전하여 새길
여호와의
서신 글

이 한 몸 불타는 건
두렵지 않지마는
이 세대 불타는 것
두렵지 아니할까

재 되어 울리는 음성
우상 숭배
멈추라

* 신앙고백 / 예레미야서 묵상

마음이 있는 곳에

생각을 가다듬어
영혼에
주워 담고

잘못된 소유 걸러
저 멀리
팽개친 이

구분된 청빈과 가난
삶의 가치
드높다

멍에

잠잠히 어깨 메고
고통을 순응하며
무거운 질고들을
거뜬히 감당할 때

지나간 발걸음 뒤에
온갖 생명
꽃 피리

길마다 이랑마다
이끄는 쟁기 소리
바르게 줄을 지어
온 삶을 일구었네

앞으로 전진하는 힘
순종의 길
나의 힘

* 신앙고백 / 예레미야서 묵상

무엇이 행복인가

소유의 양 크기로 행 불행 나누지만
존재의 가치로써 인생관을 정하자
상황을
넘어선 행복
내적 기쁨 맛나다

쟁취한 행복이면 불안에 휩싸이니
주어진 행복 안고 늘 미소 간직하자
집착을
넘어선 행복
소망 나라 얻는다

믿음의 증서 이맘에

과거적 믿음 속엔 나 위한 대속 구원
현재적 믿음으로 동행의 좁다란 길
다가올
미래적 믿음
현실 속의 긴 터널

보고도 못 믿거나 듣고도 못 믿는 건
연약한 나의 믿음 미련한 나의 식견
한 치 앞
못 보는 믿음
어리석은 불신감

믿음의 영웅처럼 미쁘신 예언 순종
70년 후 바라보는 미래적 고난의 길
고집과
집요한 확신
이뤄내는 복된 삶

* 신앙고백 / 예레미아서 묵상

바룩의 미래

예언을 받아쓰는 서기관 기자 바룩
당 시대 여호야김 회개를 촉구하나
누명의
슬픔과 고통
홀로 쓰고 낙심해

여호와 예언 말씀 온 땅에 재난 덮어
사라질 모든 육체 구하실 나의 생명
내 가는
모든 곳에서
건짐의 손 평안 길

증인이 모함 당해 오갈 데 없었으나
위에서 보시는 이 들으신 탄식 소리
커다란
야망의 방향
제시하는 여호와

* 신앙고백 / 예레미야서 묵상

신앙의 편린

넘치는 성경 분석 듣는 귀
두터운 턱
긴 시간 쌓인 말씀 걸러낼
용기 없어
진실로
다 된 것처럼
착각 속에 머물다

얼굴을 벽에 묻고 기도의
길을 내어
땅의 문 닫을 때에 하늘 문
활짝 열려
삶으로
옮기는 걸음
윤기나는 조각들

여호와의 날

어둡고 캄캄한 날 거룩한 산성에서
경고의 나팔 소리 새벽빛 검은 구름
징계의 여호와 날에
멸망시킬 전능자

내 백성 축복 약속 요엘의 예언 말씀
이른 비 늦은 비로 풍족한 열매 맺어
영원히 수치당하지
않게 하는 여호와

내 영을 만민에게 풍성히 부으리니
자녀들 예언하며 노인들 꿈을 꾸며
새 하늘 새 땅의 소망
심령 속에 구원 길

* 신앙고백 / 요엘서 묵상

영원한 폐허

유다의 마지막 왕 악한 왕 시드기야
바벨론 군대 의해 불타는 예루살렘
포로 중 택한 백성들
나의 백성 남은 자

눈 뽑힌 시드기야 풀려난 여호야긴
바벨론 유다 치나 우상들 멸할 날에
바벨론 파멸의 소리
주의 재난 이룬다

만군의 여호와여 주께서 보낸 용사
사람의 힘으로는 이길 자 없사오니
그 말씀 이루어질 날
나의 생명 건지소서

* 신앙고백 / 예례미야서 마지막 장 묵상

유한성

마음과 생각으로 흰 구름 위에 앉아
인생사 허무함을 아래로 내다보며
범사에 기한 있는 것
무릎 치며 대하니

짐승의 죽음처럼 사람도 떠나는데
같은 일 당하여도 더 나은 존재감은
지식을 도구 삼아서
문명세계 잇는다

고통도 수려하고 고난도 빼어나니
복의 힘 빌려다가 평안의 우물 퍼서
변장된 축복의 여정
빛난 열매 낳는다

자기 돌봄

기도의 동역자만 온전히 의지하다
어려움 닥쳐오면 본인의 믿음 없어
보호의
손길조차도
놓쳐버린 불감증

허다한 성도 중에 묻어간 나의 걸음
성서의 진리 말씀 내 삶의 안내 삼아
스스로
찾아가는 길
밝은 걸음 밝은 길

참된 쉼에 이르는 믿음

성전에 모두 모인 짐 진 자
안식할 날
생활의 무거운 짐 큰 멍에
내려놓고
병든 손
높이든 기도
지친 마음 그 품에

사슬에 풀려나듯 가벼운
두 어깨에
주님의 크신 위로 한없이
스며오네
겨리 소
안소 마라소
걸음걸음 은혜 길

항복이 생명의 길

구해줄 의사 없어 항복을 요구하니
절망한 시드기아 황급히 엎드리니
여호와
불같은 진노
행위대로 갚는다

에워싼 갈대아인 바벨론 왕의 손에
항복이 살길이고 순종이 생명의 길
목숨은
전리품같이
굴욕 참을 성읍 민

* 신앙고백 / 예레미야서 묵상

제3부

말씀 위에 서다

그날에 (I)

요시야 십 육세 왕 여호와 감추셨던
스바냐 소선지자 선포된 주의 예언
내 백성
구별하여 낼
강한 의지 해결책

블레셋 대한 심판 모압에 대한 심판
구스에 대한 심판 앗수르 대한 심판
유다죄
책망한 교훈
잊지 말고 경외해

입술을 깨끗하게 마음을 정결하게
여호와 이름으로 모든 악 소멸하며
내 백성
칭찬과 명성
회복시킬 구원자

* 신앙고백 / 스바냐서 묵상

니느웨에 대한 경고

노하기 더디 하는 권능자 진노 속에
은혜를 거부하여 낭패를 거듭하는
시드는
레바논의 꽃
말라버린 모든 강

우상을 멸절하고 멍에를 깨트리고
병 거는 이리저리 왕궁은 소멸되고
황폐한
니느웨 물 못
낯빛 잃은 주민들

나훔의 심판 예언 회복의 구절 없고
완전한 멸망 소식 상처와 부상 소식
은혜를
거절한 대가
수치스러운 풍경뿐

* 신앙고백 / 나훔서 묵상

등잔

주님께 가는 길은 언제나
밝은 빛 길
주께로 가는 맘도 언제나
빛난 가슴
내 속에 순결한 기름
가득 채워 향한다

등잔 위 켜진 불빛 찬란한
성도 믿음
세상 빛 되어 갈 때 인생길
밝히 본다
등잔대 곧게 선 자태
아침까지 밝히리

말씀 위에 서다

환경적 실패 인생
      개인적
      성공 사례

하나님 부르심에
      순종한
      예레미야

감옥과 진흙 구덩이
      벗어나는
      주의 종

* 신앙고백 / 예레미아서 묵상

문답

해 아래 모르는 일 뭐 그리 많은 건지
해 위에 궁금한 일 왜 이리 많은 건지
살면서
부딪히는 건
돌섬 같은 한계점

무엇이 영원한가 무엇이 의미 있나
무엇이 새로운가 무엇이 가치 있나
물어도
어이없는 답
묻지 않음 그조차

복의 자리

누구나 가슴속에 홀연히 자리 잡아
인생길 소소하게 만족할 쓴맛 단맛
불룩한
복주머니 속
비밀의 숲 참 기쁨

크거나 자그맣게 배정된 몫이라면
애통할 일도 많고 온유할 이유 있어
화평한
마음 단장한
그대 삶에 있노라

속죄

천천의 숫양이나
만만의 번제 동물
내 허물 제거하려
대가를 지불할까
보이신 선한 일 받아
오직 겸손 동행 길

요구의 선한 뜻은
용서의 징계 아닌
큰 사랑 덧입히는
내 백성 내 유산자
온 정성 내 몸의 열매
인자 사랑 평생 길

순풍

달려갈 나의 길에

주님께 받은 사명

복음을 증언하는

복된 삶 여정 속에

내 생명 모두 맡기고

말씀답게 살기를

심지

온몸을 비틀어서

　　　　쓰임새 찾아간다

고개를 휘청휘청

　　　　눈보라 삼키면서

나 죽어 너 불꽃 되면

　　　　험한 세상 밝으리

왕들의 잔치

우상의 왕좌 계승 수백 년 이어가며
악한 왕 순탄하게 선한 왕 정직하게
시대의
종교개혁 책
어렵사리 펼치네

그들의 정치 평가 어디에 기준인가
여호와 보시기에 선악 간 구별되어
섬기고
배격한 역사
엄격하게 다루네

정서

처음에 없었다면
빌려서
사용하고

내 안에 채운 후에
나누면
되는 것들

억새꽃 흩어진 가을
품에 안은
저녁놀

존재만으로도

파도를 구성하는
거대한

물 덩어리

바다를 가로질러
실제로

횡단 않듯

한평생 잰 걸음 풍랑
출렁이는

인생길

징계

잘못된 멸망의 길
돌이킬
기회 부여

죗값은 재앙 아닌
회복의
밝은 빛들

감춰진 미래의 희망
밝히 보는
순례자

촛불

밤새워 녹인 사랑
흰 눈물
덧칠하고

아프게 심지 태운
그, 사랑
누가 알리

두 손에 녹아든 인자
하늘 호수
내리네

히스기야

우상은 부수어도 사람을 의지했고
외교를 수교하며 의지한 이웃 나라
이사야 예언 말씀에
회개하는 유다 왕

보소서 여호와여 들으소서 여호와여
원컨대 구하소서 환란의 징벌 모욕
여호와 홀로 하나님
천하만국 창조주

아래로 뿌리박고 하늘로 열매 맺고
남은 자 예루살렘 피한 자 시온에서
내 백성 다시 품으로
여호와의 강한 팔

눈물

살면서 눈물을 참 많이도 참는다
눈물을 참으면서
가슴이 멍들고 있는 것을
지나친다
말도 안 되는 이유들을 붙이면서
괜찮다고 한다
오랜 후, 병을 얻고서야
내 마음 만져보고 더듬어보며
주머니 속 잃은 것을 찾듯 뒤적인다
체하며 살아서 남는 것은
영원히 아물지 않는 고통뿐이다

사랑을 떠나보낼 때보다
때때로 더 큰 아픔과 슬픔 있어도
울지 않았다
왜 그랬을까
무엇을 위해 감추는 감정이었을까
눈물 흘리지 않는 것이 강하다고

누구에게 가르침 받은 것일까

표출하는 것보다 억제하는 것이
좋은 일이 아닌 것을 안다
웃음을 자아내는 것처럼
눈물도 쏟아내야
마음이 맑아지고 안정되는 것을
우리는 안다
투명한 액체에 섞인
색소 없이 오염된 마음들을
찾아내는 역할을
분신 중에 분신이 한다
흐르는 눈물자국 위로
미소를 머금을 줄 안다
많이 울자
자주 웃는 것처럼
울고 싶을 땐 울자
눈물은 가장 좋은 치유이고
내면의 기도이다

바르기 혹은 빠르기

한 달 정도면 도착할
여정이었기에
한 달 소모될 양식을
준비했었지
질러 가면 빠른 길
왜 이리도 멀리 돌아가는지
과정엔 언제나
타당한 이유가 있었다

광야를 지나는 교통신호
구름 기둥 불기둥
구름 덮일 때 행진할 수 있었고
불기둥 비칠 때
길을 밝히 볼 수 있기에

인생길에 맑은 햇살은
안주하는 시간
평온하기에 잊은 시간
힘겨워야 쫓기듯 살아가는
무지한 시간

불필요한 것 놓고
버리고 가야 할 것 많기에
평생 때묻은 마음 닦아가면서 사는
인생길,
고단해도 꾸불거려도
바른길 찾아 나선다

주는 그리스도시니이다

크리스마스 풍경
일 년 내내 싹트지 않던 사랑을
연말 분위기에 우려내 본다
사계절 시린 겨울바람
따뜻한 사랑은
그 어디에도 찾아볼 수 없었다
나의 속내가 춥다는 것이
타인에게 발각되는 순간
주변의 시선은
날카로운 얼음조각으로
군데군데를 찌른다
뾰족한 끝이 감정을 파고
다 녹아들 때까지

현실이라는 인심이 그랬다
사람들은 사랑을 찾아 헤맨다
유명한 거리엔 더 많이 기웃거린다
건물에 둘러친 찬란한 빛이
사랑인 것 같았다
붉은색과 초록색이 어우러진

초코케이크에
사랑이 듬뿍 입혀진 것 같았다
겨울밤은 자정을 지나
새벽을 달리다 그치고
하나둘 사라지는 땅의 별들 틈으로
집으로 향하는 걸음에는
허탈한 사랑이
차갑게 찔러 넣은
장갑 속으로 들어간다

내 영혼아 눈에 담은 것으로
잠들지 말고
생각의 되새김으로
사랑을 받아 담아 보자

죽음이 위로다

적어도 모세에게는 그랬다
아프고 힘들었고 감당할 수 없는
삶의 무게 때문에
얼마나 헤매었던 시간들
하나님의 위로를 경험하는 때
타국에서 태어나 40년의 광야 생활
120년의 마감
참 많이도 마음 시리고 아프고
힘들었던 일이 얼마나 많았을까
주님께서 그의 생명을 거두심으로
고난이 끝났다
이제는 편히 쉬라
너의 수고를 그치라 하는 것이
죽음이다
주님의 만져주심과
주님이 안아 주심의
큰 위로를 겪게 되는 시간일 것이다
죽음을 맞이하게 되면서 얻는
은총일 것이다

인생의 끝자락에 두려움이 아니라
하늘의 은총을 입는
축복의 때 위로의 때 임을
기억해야 할 것이다
이제는 그래야 할 것이다

- 2022년 3월, 새벽기도 후에 씀

카이로스의 순간

바람이 멈추는 그 찰나
시간은 흐르지 않고 머무르네
모든 것은 멀어지고
오직 내 숨결만 뚜렷해지는 이 순간

평범한 순간들이 쌓이고 쌓여
마침내 열리는 좁은 문 앞에서
나는, 망설임도 두려움도 없이
그 문을 밀어내리라

마치 꿈결 속에서
길을 찾아 나서듯
이 순간, 영원으로 향하는
문지방을 넘으리라

약속을 믿는 믿음 안에서
공의로운 험한 길
따라나서리라

제4부

우리 그렇게 살아요

그날에 (2)

하루를 돌이켜보고
한 달을 돌이켜보고
한 해를 돌이켜보고
공간을 토막내
쓸쓸함이 올 때
지나간 일들은…

시간의 과거뿐 아니라
마음의 과거도 역사로
돌려보내야 한다
상처로부터
자유롭기 위함이고
멋진 새 역사를 만들어
가기 위해서

임(im) / 함께
마누(manu) / 우리와
엘(el) / 하나님

당신을 위해 기도합니다

상한 갈대를 꺾지 않으시고
꺼져가는 심지를 끄지 않으시는 주님
오늘 하루도 호흡하며
살아갈 수 있는 은혜를
주심을 감사드립니다

약할 때 강함 주시고
환란 가운데 도우시는 하나님
뜻하지 않는 몸의 질병으로 고난을 당하는
사랑하는 가족을 긍휼히 여기시고
치유하여 주옵소서

몸도 마음도 지쳐서 의지할 곳 없는 맘을
위로하사 이기게 하시고
아픈 부위를 시원케 하사
치료를 통해 이전보다 더욱 강건하게
하셔서 맡은 바 사명 감당케 하옵소서

마음도 붙잡아 주소서
늘 평안케 하시고

사람이 일을 계획할 지라도
그 걸음을 인도하시는
이는 하나님이시라 하셨으니
주께서 모든 행사를 맡아
주관하여 주옵시고
선한 길로 승리의 길로
인도하옵소서

모든 염려 주께 맡깁니다
나아갈 길도 주께 맡깁니다
보이지 않는 앞날의 불안함도
모두 맡깁니다
주께서 이 모든 일을
이끌어 보호하여 주옵소서

독수리 날개 아래 품듯하여 주시고
바위틈에 숨김과 같이 하여 주옵소서
은혜 베풀어 주시길 원하며
예수그리스도 이름으로
기도합니다 아멘-

두 개의 머그잔

푸른 하늘에
흰 구름 같은 뽀얀
머그잔 두 개에
지나간 일 년이 담겨 있다

세이레,
봄 풀잎이
피기 시작하고
들꽃 여인들이
이곳저곳에서 손짓할 때
그들과 함께
새벽하늘을 향해
피어올랐다

세이레,
떨어진 낙엽을
찬바람으로
휩쓸며 잡으며
한 해의 마지막을
쏟아낼 때

그들과 함께
새벽하늘을 향해
울부짖었다

은혜로 가득 담아
채운 가슴엔
텅 비어 정돈된
두 개의 질그릇

* 세이레 새벽기도 완주 선물. 봄. 겨울.

땅에서도 이루어지이다

허락하신
새 땅을
밟아 보자

계획하신
기다리던 땅
기쁨으로 함께 가자

애통해하는
마음 밭에
들어가 걸어보자

그곳에서
화평한 새 열매를
이루어보자

때를 얻자

노력해도 시간의 벽을
넘기 어렵다

그렇더라도
낭비하는 시간은 아니다

지혜의 기준은
성결하고 화평하고
관용하고 겸손하며

긍휼과
선한 열매가
가득하고
편견과 거짓이
없는 것이 지혜다

멍에

하늘을 품은
사랑의 영혼이
내 안에 머물러
고삐를 당기면
이끄는 대로 갈 수밖에

능선에 핀 풀꽃의
신비한 생각을
어찌 짐작할까요
보는 이 없어도
때마다 활짝 웃음 지어 보내는
제 몫을 다하는 꽃잎

갈 곳 잃고
쪼그려 앉은 무릎
생각을 숨 쉬게 하는
참 가벼운 멍에

믿노라면

상흔 없이
어찌
부활이 있을 수
있으리오

고난 없이
어찌
기쁨을 누릴 수
있으리오

그대 나를
대신했단 말
잊지 않으리오

나 역시 그대 위해
변명하지
않으리오

부활

썩을 것으로 심고
썩지 않을 것으로
다시 사는 부활
우리 인생을 되짚어 본다

썩은 것이 무엇인지
모르고 살다가
버릴 것 못 버리고
묻혀 살다가
점점 멀어져만 가는 긍휼

정결한 매무새
고통의 난관 없이
어찌 얻을까

사랑에 빚진 자

갚을 수 있는 건
빚이라 하고
갚을 수 없는 건
은혜라 합니다

손바닥에 놓아준
조그만 꽃씨 하나
혈관을 타고 꿈틀거립니다

모래톱에 새겨진
발자국 허물듯
어디선가 불어오는
따스한 바람은
은혜의 향기로 허물을 덮습니다

꽃씨 때문에
꽃밭은 훨씬 단정해지고
머지않아 봄이 올 것입니다

살며 축복하며

봄에는 만물이 깨어나
새싹과 꽃으로 향연 하듯
삶에 무수한 축복이
따스함으로 함께 하기를

여름에는 가뭄에 단비 내려
온 대지를 촉촉이 적시듯
헤아릴 수 없는 이슬비로
산뜻하고 시원한 축복이 함께 하기를

가을에는 곱고 아름답게
알알이 영글어가는 결실처럼
온갖 귀한 말씀으로
열매 되는 축복이 함께 하기를

겨울에는 시야에 모두 사라져
땅으로 스며든 후 눈 덮임 같이
내 공로 모두 사라지고
공의로만 덮는 축복이 함께 하기를

성도의 삶

잘게 부서져 내리는
맑은 햇살이 감사하게
느껴질 때
하늘의 비밀을 받아
꿈을 꾸듯 살아가고

구름이 빛을 가려
하늘 위와 하늘 아래로
나뉠 때
누군가가 해야 하는 일이면
스스로 자원하여
뜻을 이루어
천상의 화원을 바라보듯

기쁜 마음 되어
전진할 때
등 뒤로 비친
당신의 은빛 머리는
또 다른 당신의
등불이 됩니다

새 성전에서

북한산 허리가 온통
싱그러운
봄 내음으로 덮이고

온 하늘을 나는
새들이 기뻐하며
포물선을 그릴 때

우리의 마음에도
주 향기로 가득하여
감사의 눈물이 고입니다

평생에 한두 번
있을까 말까 한
주님의 새 성전
허락하심에 가슴 벅찼고

한 알의 밀알로
심어져 동행함이
주님의 은혜였습니다.

말할 수 없는
어려움의 과정은
숨쉬기조차 힘겹게 하였지만

우린 함께 걸었고
주께서 내 발을
사슴과 같게 하셨기에
피곤치 않았습니다

성전 뜰을 밟는 자마다
복되게 하신다는 말씀
잊지 않으며

자, 이제 우리
이곳에서
다시 시작합니다

주님을 향한
나의 고백이
언제나 푸르기를
약속드리면서-

* 2017년 3월 새 성전에 몸 담으며

성장

한 방울
두 방울
서로 마주칠 때
철썩거리는 속울음

둥근 파문 일어
조금씩 조금씩
커져 가는 동안에

더 넓은 시공간 소유한다

센티미터

파도의 깊이는
        아래로 향하고

생각의 깊이는
        그대를 향하고

사랑의 깊이는
        새벽을 향하니

희망이란
    어둠을 조금씩
        깎아 버리는 것

약속의 땅

텅텅 비어 있는
열두 곳간을
무엇으로 채울까
변화의 역사 속에
머뭇거리지 말고 들어가자

마음을 강하게
두려워하지 말고
거침없이 걸어가자

약속의 말씀을
믿고 나아가자
새날의 소유권을 주장하자

묵상하고 실천하고
순종하고 나아가자
타성에 빠지지 말고
말씀에 의지하여 나아가자

* 2018년 새해에

어깨

그대 어깨에
얹은 손
힘주어 누르지 않으리

쓰러질 듯 처진 어깨
어깨동무하여
떠받히리

실낱같은 고운 손
거친 주름 파도 같아
끌려가는 두 어깨
힘껏 당겨 잡으리

우리 그렇게 살아요

세상 사람 내 맘 같지
않더라도
우리 그냥 그렇게 살아요

마음이 찢어지고
억울한 일이 있어도
내 맘 가지고 살아요

사정없이 내리는

빗속에 흐르는 강물 따라
지푸라기처럼 밀려도

그 물길 따라가지 말고
내 맘 잡고 살아요

전이

사랑이
날 위하여
오셨네

가시면류관 쓰고
오셨네

무거운 짐 덜어 주려
오셨네

죄짐 내려놓았네

참 별난 유월 여름날

러브 버그
사랑하다 죽을 곤충
사랑하고 나서 죽은 벌레들
새벽마다 교회 문 큰 유리 벽 아래
떼죽음을 당하고 있는
쌍쌍이 붙었다 떨어져
홀로 죽음을 맞이한 빨간 점 하나 있는
검은 파리보다 작은 벌레
더러 엉금엉금 살아 있는 벌레도 있다

하필이면 여기 모여 이 난리를 치는지
곤충도 죽을 때가 되면 본향을 찾는지
새벽 기도 끝나고 나는 빗자루를 들었다
죽은 사랑들을 쓸어
쓰레받기에 끌어모아 흙 가득한
화단에다 버렸다

사랑 없으면 아무것도 아니라는
성경에 내용에 은혜받은 이른 아침
나는 아무것도 아니었다

그저 징그럽기만 한 검은 주검들을
쓸어 모으며
벌레만도 못하다는 어느 성경 인물의
고백이 머릿속을 스쳐 지나간다
사랑하다 죽어 본 적이 있는가
인간으로 태어나 고상하지 못하게
만났다 헤어지는 사랑 말고
눈물 글썽글썽한
인간이 불쌍해서 가슴 뜨거워
본 적이 있는가

아무도 해결해 주지 못하고
스스로조차도 해결하지 못하는
삶의 수수께끼 앞에
진실하게 울어본 적 있는가
사랑, 그리고 그 긍휼

쓰레받기 안에 그득한
징그럽게 몸서리치게 하는 러브 버그
새삼 등골을 서늘하게 한다

* 2023년 6월에

크리스마스 꽃사슴

지하철 환승 구간에
아장아장 걷고 있는 초록빛 아기사슴
행인의 신발에 묻었던 고단함을
닦아내고 있다

귓불엔 반짝이는 별을 달고
고요하고 평화로운 밤하늘
복의 근원 사랑에게로 데려간다

슬픔을 이기는 것은
슬픔에 머물러 있는 것이
아니라
슬퍼하는 자들을
위로하는 것

쉬게 하고
억울함도 풀어주는
법 위의 법
공의로 다스리는 상자를 열어보니
슬픔이 나의 춤이 되었다

제5부

그대는 사랑하는가

고독이 주는 위안

감히 근처에 오지고 못하고
귀하다고 한다

바라보기도 애처로운 꽃
어린 꽃봉오리부터 할미라는
별명으로
인생이 두 번 피는 의미를
말해주던 꽃
꽃대의 머리숱은
왜 자꾸 사라지는지
누구든지 분량대로
소임을 다하다 보면
멀쑥한 면류관을 드리운다는 것을
말해준다

남 보기에 남루해도
스스로 여물어 뿌리로 가는
비밀을 가졌다

* 부제 : 할미꽃

그대는 사랑하는가

그대는 진정
사랑하는가

그대는 그대들의
무엇을 사랑하는가

그대들의 아픔을
감싸주는가
허물을 덮어주는가

부족한 대가에
반응하지 않을 수 있는가

마른풀처럼 초라해도
사랑할 수 있는가

따스한 눈길을
멈추지 않을 수 있는가?
멈추지 않을 수 있는가?

그럴 수 있을까

북적거리는 거리에 가면
그것을 볼 수 있을까
한적한 모퉁이에 앉아 기다리면
그것을 볼 수 있을까

성전에 들어가면
더 자세히 볼 수 있을까
그 사람 마음 안에 들어가면
볼 수 있을까

광활한 대지를 바라보면
눈에 띌까
넓은 파도를 보면
느낄 수 있을까

어디서든 볼 수 있으면 좋겠다
언제든지 정결한 마음이면 좋겠다
무얼 하든
잠잠한 천국을 볼 수 있으면 좋겠다

나목

가을이라는 옷으로
나의 모든 허물을
남김없이 덮어주는 계절

가을이라는 바람으로
나의 모든 과오를
떼 내어주는 계절
참 곱고 아름답습니다
그대 나의 전부입니다

벌레 물려 앙상한 잎
찬비로 뜯긴 흔적

달빛 냉정하게
남쪽으로 뻗은 가지만
어루만져 주는 밤을 지나

단풍잎 사그라드는 날에
숨죽여 떨구는 솔잎 하나에
눈물 글썽

깨끗한 줄기를 만들어
소리 없이 이렇게
함께한다는 것을
매번 잊고 산 것
용서하소서

너를 보내며

일 년 중
가장 따사로운 햇살이
오월의 대지를 감싸고
온갖 다양한 빛으로
대지가 화답할 때

햇살만큼이나 구석구석
부족하지 않게 비추는
은혜를 주신 주님께 너를 보낸다

마음은 기쁨으로 가득하나
알 수 없는 눈물이
자꾸 흘러내린다

이젠 내 자식이라고만
고집하기엔 넌 너무 컸고
그분에게 가까이 있어

바른길도 길이고
굽은 길도 길이나

삶의 길은 누구나 똑같다

의식도 깨우고
무의식도 깨우는
좋은 지도자가 되길 기도한다

모두가
가시밭길이라고는 하나
가시를 잘 다듬으면
아주 귀한
삶의 지팡이가 자라나겠지

때론 흙탕물에
옷깃이 젖어도
효능 있는 세제를
준비해야 할 것이야

오직 말씀과 기도와
긍휼을 몸에 지니어
만물을 온전히 다스리시는
주님의 강한 팔을
의지하길 간절히 기도한다

* 아들 목사 안수식 때 보내는 글

마음 챙기기

무작정 감사는 어려워
의식과 무의식의 조합이
잘 이루어져야 되는데

모든 의식은 욕심이라 했어
의식은 생각이고
무의식은 마음이야
무의식은 감사하지 않은데
의식은 감사해야 한다고 우겨

그럼, 어떻게 해야 할까
의식은 무의식의 아픔을
잘 관찰해야 해
그런 후 감싸 줄 언어를
떠올려야 하지
그리고, 의식은 무의식을
위로해야 해

변명

선한 사람에게
불행이 자주 일어나는 것은
자기방어에 신경을 쓰지 못하기
때문일 것이다

선한 사람은
타인의 아픔을 먼저 생각하기 때문에
상대를 공격하지 못하기
때문일 것이다

타고난 성정을 바꾼다는 것은
극한 어둠 속에 오래 머문 후에야
가능할 것이다

그러므로 관용을
함부로 남용하는 것은 위험하다

사랑하는 이여

당신은 나에게
바람이 지나가면서
꽃이 피는 이유입니다
즐거운 봄날 되시길 바랍니다
따분한 순간은
절대 없을 겁니다
사랑하는 이여
황무지에 들꽃 피듯
당신의 꿈이 똑같이 피고
항상 덜 아프시기를 바랍니다
사랑스러운 임이여
봄날은
겨울과 여름의
균형을 이루는 계절인데
새봄에
행복과 삶의
균형을 맞춰주니
은총을 마음껏
누리시길 바랍니다

상과 벌

고난은 벌을 받는 것 같이 쓰나
결국 이김에 대한 상의 재료

벌을 받는 자는
현실을 이길 낼 의지가 있어
견디는 순간들을 모은다

상은 기쁨을 얻는
순간이나
승리에 대한 벌의 조각품

상을 받는 자는
고난을 이겨냈으므로
과정의 눈물을 쏟아낸다

벌은 피해 가면 그뿐
얻을 것을 놓친다
그러므로
벌은 상이고
상은 벌이 아닐까

심지

배배 꼬여도
내색하지 않고 불을 밝히는
고집이 여기 있다

흥건히 적셔주는 기름
벗 되어 함께 하니
자신을 태워
점점 짧아지는 것도 잊은 채
낮이나 밤이나 등불로 산다

견고한 가슴을 태우고
마음의 의지를 태우고
생활의 심지를 다 태우고도
솟대처럼 꼿꼿하게
서 있는 사람이 있다

어미의 기도

그녀는 초가을 새벽
예배당에서
도심 외곽지로 떠난
그리움을 위해 기도한다

사랑에 주린
빈 항아리들을
채워가는 일
얼마나 외롭고 힘들지

십자가는 누구나 붙들고 있어도
아무도 옮기지 못하기에
시대의 길은 멀고 험하기에
혼자가 아닌 데리고 가야 할
무리가 있기에

사명이란 운명으로
머리를 조아린다

이른 비 늦은 비

살다 보니 어떤 일로부터
멀리 떨어져
돌아가야 한다는 것에
사로잡힐 때가 있다

바람이 부는 데로
다시 돌아가고
물도 흐르는 곳으로
돌아간다는데

내가 돌아갈 시점을
아직 정하지 못했다
어디가 진정 나 이었는지를

돌만 굴러도 깔깔대던
어린 시절
감수성 많아 훌쩍이던
학창 시절의 어느 곳
처음 엄마가 됐을 때
온 세상을 두 손에

안은 시점
사랑하고 사랑받던
긴긴 시간 속

이젠, 오랜 시간을 거쳐
바람이 부는 데로
물이 흐르는 순리대로
본향을 가야 할 것을 안다
정든 곳을 모두 두고
언젠가 돌아가야 할 곳을 안다

재가 되어

꺼지지 않는 불
내게로 향하면
숨을 곳 어딘가

좌우를 살펴봐도
갈 곳은 없네

타작마당에 엎드리어
두 손을 모으면
알곡을 닮을 수 있을까

해는 뉘엿뉘엿
서산을 넘어가는데
달음질하던 걸음은
농부의 마당에 털썩 주저앉았다

쭉정이는 태워
재가 되게 하소서
이듬해 거름이 되게 하소서

좋다는 건

낡으면 버릴 수 있는데
선호하는 관점
달라지면 옮겨 가는데
소금이 녹기 싫은데
등불을 드는 팔이 아픈데
필요를 채워 주기 싫은데
바라볼수록 좋기만 한데

나눈다는 건 손해 보는데
눈에서 멀면
마음도 멀어지는데
단순히 그대로인데
좋고 나쁨이 어디 있으랴

지우개

스마트폰 소지한 후 근 30년
한 번도 해보지 못했던 생각 떠올라
띄엄띄엄 이틀에 걸쳐
신중하게 카톡 친구 선택하는 중
알 수 없는 사람
알 수도 있는 사람
기억 못 하는 사람
무관심한 사람
무심한 사람
까닭 없이 멀어진 사람
1년에 한 번도 안부
주고받지 않는 사람
그의 안부가 궁금하지 않는 사람
유명을 달리 한 사람
정리해야 할 사람

나는 누구와 동행하고 있는가
또한 동행할까

평화

내면을 유지하기에
너무 먼 숲
작은 바람을 집어삼키고도
아무 일 없듯
풀잎은 자란다

태풍을 고요히 잠재우는
산들은 늘 마음의 평정을 가다듬어
신뢰를 저버리지 않는다

찬비가 내릴수록
온몸으로 참는 몸부림
도톰한 입술로 얼굴을 가린다

하늘 채색 온누리에 공평하듯
공정 사이로
평온이 머문 자리는
하루를 잘 다녀간 햇살의
여운 같은 저녁노을이다

행복

매일매일 새겨도
모자라지 않을 말

애쓸수록
부담스러운 말

자연스레 흐르는 물에
까딱이는 종이배처럼

더러는 끄덕끄덕으로
수긍하며 살아요

행복은 축제입니다

믿을 수 있는 사람이
있다는 것은
가슴 벅찬 새 옷을
입은 것과 같습니다

사랑하는 사람이
있다는 것은
행복의 모자를 쓴 것과
같습니다

인생은
정신적인 지원을
맘껏 보내주는 사람이 있어
살아 있다는 것을
값지게 합니다

인생은 창조주의 태양과 지구처럼
관계와 지원과
많은 관련이 있습니다

향기로운 번제

내 죄에 무슨 향기가 있을까
내 죄는 어떤 향기일까
어떤 나쁜 향기로
누구를 아프게 했을까
고약한 향기로
누구를 넘어뜨렸을까
코를 찌르는 향기로
누구의 영혼을 후벼팠을까
야릇한 향기로
자신을 음흉한 곳으로
내려가게 했을까

나를 대신하여 타는
흠 없는 짐승의 향기는
그의 살이 타고 뼈가 타는 냄새는
배고픈 군침의 향기가
결코 아니라
내 속에 꼭꼭 숨겨둔
모든 더러운 것들을 헹구는
주님께 향기로운 냄새인 것이다

죄를 주님 앞에 벌려 놓고
온몸 구석구석 아리게
다 태운 후에야
정금 같은 그릇으로 빚어질 것이다

홀로 가는 길

어릴 땐
바른길 가는 법만 배웠다
곧은 마음으로 가면
그 길이 좋은 길인 줄 알았다

중년을 넘어선 지금
길은 없었다

갈 바를 알지 못하고
걸어간 적이 많았기에
주변이 원하는 길을
참 많이도 걸어왔지
자존감을 잃은 길목에서
서성이던 갈림길

길은 말한다
무리 속에 있으나
홀로서기를 잘 마친 길이
너의 길이라고

제6부

내 인생의 결론

가난한 마음

가난한 마음 빈 주머니 같아
손 넣어도 잡히는 것 없고
무거운 바람만 가슴 속 휘돌아도
남길 수 있는 흔적 하나 없다

하지만 그 마음은 가벼워서
누군가의 슬픔에 쉽게 닿고
눈물 한 방울로도 흔들릴 수 있어
때로는 가장 따뜻한 위로를 전해준다

가진 것 없기에 두려울 것 없다
어느새 내민 손 하나에 기쁨이 스며드는
작은 빛 되는 가난한 마음은
넉넉함의 다른 이름이다

가난하지만 그 마음
끝없는 하늘처럼 넓고
그 안에서 사랑은 피어난다

*심령이 가난한 자는… 천국이 저희 것임이요.(마5:3)

가을 아침

가족을 위해
깨어나는
정성스러운 아침

맑은 공기
신선한 아침

모든 만물이 부스스
잠 깨는 아침

하룻강아지
날 새었다고
잠 깨우는 아침

귀뚜라미 노랫소리
어둠 속을 달리다
목이 쉬어버린 아침

핑크빛 코스모스
맑은 이슬에

세수하는 아침

엄마 비둘기
먹이 찾아 나선
공원길 새벽 아침

눈부신 노오란
햇살에
단풍 나뭇잎
나풀거리는 아침
생각이
슬기로운 아침

무지갯빛
조화로운 아침
베풂이 성실한 아침

고백 속에

처음엔
어설펐던 사랑
점점 깊어갑니다

울분과 분노와 억울함과
적개심 가득
침식되었던 가슴에
사랑은
신의 인자뿐인 줄 알았습니다

누군가를 깊이 사랑한다는 건
안갯속에 떠 있는
무지개 입자를 찾는 것처럼
어려운 일입니다

보지 못하는 얼의 기류
긴 시간 걸쳐 간직한 일부
행복은 넘치지 않고 출렁이는
바닷물 같습니다

관점

시험을 시험이라 하지 않고
절망을 절망이라 하지 않고
오직 연단이라 하자

나의 일
나의 집
나의 마음 머물지 못할 곳에
연연해하지 말고
아버지 집 본향에 머물러
이 세상을 내려다보자

길

어제는 지나가게 두었다
오늘도 멈칫 주님께 맡겼다

내일은 살펴봐야 하는데
너무 꼬불거려서
길모퉁이 안보이다

꼬불거리면서도
따라오라 하신다
그 길밖에 없다고

나는 가룟 유다인가

나도 인간이라서
저울질하는 손이 있다

이익 앞에 무거운 마음을 내려놓고
가벼운 말로 등을 돌린 적 있다
은 30세겔에 팔아넘긴 건 아니었지만
내게 값이 매겨지지 않은 것은 없었다

작은 유익에도 흔들리는 마음
모른 척하는 침묵
차라리 나은 길이라며 합리화한 순간들
어둠 속에서 빵을 떼던 그 손이
내 안에도 있다는 걸 안다

그렇기에 두렵다
마지막 입맞춤의 냉기를 기억하며
혹, 지금도 누군가를 팔고 있는 건 아닌지
돌아설 수 있다면
다시 떼어진 빵을 나누며
서로의 양식이 될 수 있지 않을까

나의 인생

찬 바람은 겨울에만 부는 줄 알았다
엉거주춤한 몸짓으로
구불구불 걸어온 세월 속
시냇가 징검다리 건너듯 내딛는 걸음
매 순간 삶의 선택의 기로에 설 때마다
머뭇거렸다

설렘도 떨림도
푸른 하늘에 연기 사라지듯
올올이 풀어지고
덤덤한 가장이 되어버린 그녀
그저 눈가에 번지는 웃음뿐
그중에 허탈한 표정도 많이 섞여 있었다

때 묻은 마음이야
붉은 천에 양잿물 적시듯 흔들어 널지만
경험과 경륜이라는 것이
조급한 생각을 누그러뜨린다

세월,

오직 이겨내기 위한 몸부림
누가 대신해 줄 수 없는 삶이기에
투정도 자녀들의 원망도
기도로 모두 가슴에 담는다

내 인생의 결론

무어라 누군가 결론부터 짓고
사는 사람 있으랴

수없이 많은 꽃 피었다 지고
새싹 돋았다 스러지고
남는 건 주름과 검버섯 피는 일

작심삼일에 일 년 계획
백 년 계획 세우랴

그 뜻 내 맘대로 이루랴
누구나 나 중심으로 살고 있고
세상은 나 중심으로
돌아가지 않는다

과정의 열매는 어떤 형식으로든지
다음 해를 기약하는 농부의 마음
그러니까
내 인생의 결론은
내 인생의 샬롬

너여 나여

너여 나여 우리여
한 톨 한 톨
숙인 걸 보니
여문 겸손

너여 나여 우리여
한 입 한 입
먹일 것이니
익은 베풂

너여 나여 우리여
한 발 두 발
다가서 보니
묵은 속정

눈 내린 뒤의 경건

새벽을 덮은 하얀 침묵
발길 닿지 않은 길 위에
하늘의 손길만 스며 있다
모든 것이 멈춘 듯
그저 고요한 숨결로
세상을 감싸안는다

눈부신 흰빛 아래
가슴속 깊이 묻어둔 기도가
하나둘 피어오른다
무거웠던 생각도
어지러웠던 마음도
이 순간엔 그저 가볍다

발끝마다 들려오는
부드러운 눈의 속삭임
걸음을 멈추고 두 손을 모은다
이 정결한 땅 위에 서서
은총의 무게를 다시 배운다

눈물

얇은 살갗을 뚫고
방울방울 건너오는 징검다리
물살 센 냇물 따위는 두렵지 않다

절망과 분노를
헹궈 내기에 충분한
어금니를 부르르 떨며
물결에 비친 쏘아보는 내 눈빛
묵은 세월을 엮어
줄줄줄 뽑아낼 때

마음 깊은 곳 가라앉은 원망의 밑돌
조각조각 떼내어 잘게 부순
신의 개입은
체휼하시고 귀결시키신다

타작 후 온갖 티끌 덮인 담장 주변
빗물을 내려 깨끗하게 씻는
하늘의 자비처럼
용서의 눈물로 말끔히 세수한다

빈 무덤

썩은 천 조각처럼
어제의 내가 벗겨진다

무덤 속에서 숨 쉬던
탐욕과 원망
그 이름 모를 괴물들
아직도 손끝에 남은
검은 때를 바라보며
나는 문득 멈춘다

부활은 찬란한 빛이 아니라
스스로 악을 던져버린
고요한 결심

누군가의 눈에 띄지 않아도
날마다 무덤을 닫는다
열지 않으리라
그 썩은 냄새를 다시 꺼내어
자기 연민으로 향을 피우지 않으리라

이제 썩지 않을 가치관을 바라며
한 줌 마음을 정제하고
작은 친절 하나에도
부활의 기운을 묻혀
남은 날들 나를 길들이리

썩을 운명인 꽃씨 몸이지만
다시 사는 꽃처럼
무덤 속에서 흙으로 돌려준 몸
삼일 동안에 무덤을 비우는 이치에
하늘나라를 오를 것이다

무덤에 머물지 않으리라

산 소망

다시 오실 그리스도
하늘의 소망
메리 크리스마스

세상이 주는 소망과 바람은
시간 따라 흐르고 사라지네
먼 곳으로 떠나
무의미 속에 희미해지네

하늘에 마음 두는 영혼의 소망은
영원한 삶과 능력
하나님께 닿아 있네

눈으로 보지 못하는 것을
마음으로 보며
구원의 역사에 동참하네

이 땅에서 살아가는 동안
하나님 나라를 이루는 이모작 삶
믿음이 말과 행동으로 이어지고

공의와 사랑이 흐르는 길 위에 서 있네

그 길은
산 소망의 길이리라

사랑은

사랑은
고통을 잠시 잊게 하고
사랑은 어려움을 밀어내고
사랑은
파도처럼 사납다가도
윤슬처럼 잔잔히 반짝인다
사랑은 암흑 속에 불씨 같으며
사랑은 뜨거운 한낮에
나무 그늘 같다
사랑은 얼음 위에서 살아 내는
펭귄 알 같으며
사랑은 참 어려운 부탁이며
수락하기 쉽지 않은
과정이다
사랑은 잠재해 있는
심장의 에너지이다
사랑은 가냘픈 풀뿌리가 땅을
마구 헤집고도
크기만큼의 흙만
달아 올리는 분량 같다

설경으로 듣는 귀

바람은 숨죽이고 눈송이들 엉기어
가늘게 속삭이는 아침나절
발끝에 느껴지는 부드러운 무게
그 속엔 겨울 이야기들이 담겨 있다

들리지 않을 것 같았던 소리들
고요 속에서 선명해진다
가지를 스치는 눈의 부스럭거림
지붕 끝에서 흘러내리는
희미한 한숨 같은 낙하음

설경을 눈이 아닌 귀로 본다
숨결처럼 잔잔한 겨울의 멜로디
소리 없는 소리가 마음에 닿을 때
비로소 깨닫는다
침묵은 가장 깊은 찬송임을

소외

사람들 속에 있으나
나는 혼자였다
수많은 목소리와 웃음소리
마치 먼 바람처럼 스쳐 지나가고
그 안에 나의 자리는 없었다

내밀어본 손 허공에 머물고
눈길 빗겨가며
말하지 않아도 알 수 있는 고독
조용히 나를 감쌌다

시간은 흘러가는데
나는 멈춰선 채 그 흐름 바라볼 뿐
잊힌 존재가 되어
세상 밖에 서 있는 듯한 이 느낌

하지만 그 고요 속에서
나만의 목소리 천천히 깨어난다
누구도 듣지 못할 속삭임으로
나를 찾는 시간이 시작된다

시월의 낮

시월의 젊은 낮이
다채로운 에너지로 가득하다

따가운 햇살 낮게 스며
배추밭 살이 찌고
스치는 산들바람
벼 이삭을 말리며
논바닥에 주렁주렁 알을 낳는다

빨간 대추 뒷짐 지고 쫄레쫄레
사과밭으로 가는 걸음 여유롭다

생명 샘은
가랑잎 덮힌 옹달샘이 아니어도
시월 들녘에 넓게 펼친
농부의 마음이다

지렁이

새벽에 지렁이 한 마리
교회 문전까지 왔다가
돌아서 가는 걸 보고
나는 교회 안으로 들어갔다
벌써 기도를 마치고 가나 부다
맑고 깨끗한 몸
주름으로 죽죽 밀고
나가는 것이 힘차다

일상을 아뢰고
마음의 어려운 일의
도움을 구하고
마음이 닿는 곳까지
주변 지인들의 중보 기도하면서
마음을 차분하게 정돈하고
하루를 맞을 마음을 가다듬고
교회를 나왔다

들어갈 때 보았던
지렁이가 생각나서 궁금해졌다

마당 어디에도 안 보인다
인간이 인간답게 살아야 하듯
미물은 미물이 사는 곳으로 갔다

사람이 아무리 잘난 것 같아도
유한한 기한을 살면서
우주 만물의 움직임 속에
아주 작은 일부인 것을

털모자

첫눈처럼 부드러운 주님
손끝에 올려 빙그르르 돌려보니

머리 위에 작은 둥지 만들어
겨울바람 가로막는 주님은
따뜻한 위로의 울타리

귀 끝을 감싸는 당신의 온기
차가운 세상 속 작은 피난처
바람에 흔들리는 순간에도
나를 잊지 않고 품어주신다

무심한 듯 다정한 손길로
머리 위에 내려 감싸며
조용히 나의 하루를 지켜주신다

하얀 기도

이른 새벽
베란다를 몇 번이고 스치는
솜눈의 발걸음

창가에 고이 올려놓은 기도
하얗게 하얗게 물들여

날이 밝아 일상이 돌아오면
뭉개지고 녹아 버릴 기도

그래도 어쩌랴
매일 다짐하지 않으면
삭정이처럼 푸석거릴 내 마음인데

화해

흉보려던 입을 다물었다

다부지게 따져 물으려
작심하고 나왔다가
마주 앉은 당신이
안절부절못하는 것을 보았다

감당해야 할 삶의 무게
당신의 표정에 표구되어
제복처럼 굳어 있다

한마디 건네지도 못한
원망스러운 단어
입안에서 맴돌다
목구멍 안으로 미끄러졌다

성령의 법은 희한하게도

시와 시조로 읽는 사랑과 감사의 신앙 일기

– 신순희 신앙시집 『나와 동행하시며』

최봉희(시조시인, 평론가, 글벗 편집주간)

신앙시, 혹은 신앙시조는 종교적 믿음과 영적 체험을 표현하는데 중점을 둔 형식의 글이다. 무엇보다도 하나님, 예수, 성령, 구원, 믿음, 기도, 은혜 등 종교적 소재가 중심을 이룬다. 따라서, 신앙시는 시인이 자신의 신앙을 고백하거나 하나님과의 관계를 표현하는 것이 핵심이다. 그 때문에 신앙시는 개인적인 신앙 체험, 기도의 응답, 고난 속의 위로 등을 통해 독자와 감동을 나누는 데 그 목적이 있다.

이번에 출간하는 신순희 시인의 시와 시조집 『나와 동행하시며』는 신앙시집이다. 하나님에 대한 찬양과 감사, 경배의 감정을 사랑의 마음으로 담은 그의 첫 번째 신앙 시집이다.

신순희 시인은 글벗문학회 회원으로서 2016년 『민주문학』에서 시인으로, 『청옥문학』에서 시조시인으로 등단했다. 아울러 각종 제1회 한탄강전국백일장 대회 등 여러 백일장에서 다수 입상한 바 있는 실력있는 작가이기도 하다. 첫 시집 『풍경이 있는 자리』, 두 번째 시집 『그렇게 잠잠히 흘러가리라』, 세 번째 시조집 『아마도 너를 닮았지』를 이어서 발간하는 네 번째 시와 시조집이자 첫 번째 신앙시집인 셈이다.

먼저 그의 시와 시조를 정독하면서 그의 절대적인 하나님에 대한 믿음은 물론 삶의 가치관도 엿볼 수 있었다. 그의 시집에서 가장 인상적인 부분은 '행복'에 대한 그의 신념이자 가치관이었다.

그의 시조 한 편을 살펴보자.

소유의 양 크기로
행 불행 나누지만
존재의 가치로써
인생관을 정하자
상황을
넘어선 행복
내적 기쁨 맛나다

쟁취한 행복이면
불안에 휩싸이니
주어진 행복 안고
늘 미소 간직하자
집착을
넘어선 행복
소망 나라 얻는다
– 시조 「무엇이 행복인가」 전문

이 시조에서도 나타난 것처럼 상황과 집착을 넘어선 행복을 찾아 긍정적인 생각으로 내적 기쁨과 소망의 나라를 꿈꾼다. 그의 삶에서 존재의 가치를 인정하고 늘 미소를 간직하자고 거듭 말한다. 한마디로 시인의 행복 철학은 '축제'라고 말할 수 있다. 왜냐하면 그의 시에는 하나님에 대한 찬양을 담았고 감사의 감정을 담아낸 시로 가득하다.

시인은 누구에게나 주어진 행복이 있다고 말한다. 어쩌면 긍정적인 사고가 그의 행복 철학이 아닐까 한다. 시인은 존재의 가치로써 인생관을 정하면서 집착이 아닌 주어진 행복을 안고 웃음으로 행복을 추구하는 것이다. 더불어 삶 속에서 나눔의 행복, 봉사의 기쁨, 감사의 마음을 담아 시와 시조로 토로하고 있다.

앞에서 언급했던 것처럼 그는 독실한 기독 신앙인이다. 시와 시조라는 장르를 통해서 그리고 삶의 나눔 속에서 행복을 얻고 내적 기쁨을 찾고 있다.

    믿을 수 있는 사람이
    있다는 것은
    가슴 벅찬 새 옷을
    입은 것과 같습니다

    사랑하는 사람이
    있다는 것은
    행복의 모자를 쓴 것과
    같습니다

인생은
정신적인 지원을
맘껏 보내주는 사람이 있어
살아 있다는 것을
값지게 합니다

인생은 창조주의 태양과 지구처럼
관계와 지원과
많은 관련이 있습니다
- 시 「행복은 축제입니다」

시인의 말 대로 행복은 축제다. 아마도 시인은 시를 쓰는 동안 신앙의 중요성, 삶의 방향, 그리고 인간의 연약함으로 삶을 돌아보는 포근함 속에서 하나님의 인도하심을 느꼈으리라. 삶의 성찰을 통해서 교훈을 얻고 때론 치유가 되는 경험을 수없이 반복하고 있다. 그는 수 없이 기도를 통해서 봄은 물론이고 여름, 가을, 겨울에도 그의 기도는 계속되고 있다.

이른 새벽
베란다를 몇 번이고 스치는
솜눈의 발걸음

창가에 고이 올려놓은 기도
하얗게 하얗게 물들여

날이 밝아 일상이 돌아오면
뭉개지고 녹아 버릴 기도

그래도 어쩌랴
매일 다짐하지 않으면
삭정이처럼 푸석거릴 내 마음인데
– 시 「하얀 기도」 전문

신앙시의 형식은 기도처럼 되어 있다. 독백, 호소, 간구의
형태로 표현하는 것이 일반적이다. 그의 신앙시도 마찬가
지다. 감사와 호소의 형식으로 하나님께 간구하고 있다.

상한 갈대를 꺾지 않으시고
꺼져가는 심지를 끄지 않으시는 주님
오늘 하루도 호흡하며
살아갈 수 있는 은혜를
주심을 감사드립니다

약할 때 강함 주시고
환란 가운데 도우시는 하나님
뜻하지 않는 몸의 질병으로 고난을 당하는
사랑하는 가족을 긍휼히 여기시고
치유하여 주옵소서

몸도 마음도 지쳐서 의지할 곳 없는 맘을
위로하사 이기게 하시고

아픈 부위를 시원케 하사
치료를 통해 이전보다 더욱 강건하게
하셔서 맡은 바 사명 감당케 하옵소서

마음도 붙잡아 주소서
늘 평안케 하시고
사람이 일을 계획할 지라도
그 걸음을 인도하시는
이는 하나님이시라 하셨으니
주께서 모든 행사를 맡아
주관하여 주옵시고
선한 길로 승리의 길로
인도하옵소서

모든 염려 주께 맡깁니다
나아갈 길도 주께 맡깁니다
보이지 않는 앞날의 불안함도
모두 맡깁니다
주께서 이 모든 일을
이끌어 보호하여 주옵소서

독수리 날개 아래 품듯 하여 주시고
바위틈에 숨김과 같이 하여 주옵소서
은혜 베풀어 주시길 원하며
예수그리스도 이름으로
기도합니다 아멘−
− 시 「당신을 위해 기도합니다」

앞에서도 언급했듯이 신순희 시인은 각종 문예 공모전과 백일장에서 입상하여 그의 창작 능력을 검증받은 바 있다. 한탄강 전국 백일장과 글벗백일장 등 전국적인 공모에서 그의 필력을 인정받은 바 있다. 그의 필력은 매일 일기를 쓰듯이 글을 쓰는 적바림(메모)에서 기인한 것으로 보인다. 삶의 일상에서 느낀 감사와 행복을 시로 쓰고 있다. 마치 세상을 살아가면서 느낀 감사와 행복의 독후감이라고 해도 무방하다.

> 얼마나 행복한가
> 느끼는 / 감사 깊이
> 당연한 일상 속에
> 소소한 / 고마운 것
> 값없이 받은 소유물
> 내면세계 / 독후감
> – 시조 「현재」 전문

그의 시와 시조는 추상적인 신앙 개념을 상징, 은유, 이미지를 통해서 구체화하고 감각적으로 표현하고 있다. 더불어 그의 삶과 신앙, 그리고 시적 감수성을 확인할 수 있다. 특별히, 그의 시에는 사랑과 감사와 행복의 마음이 그득하다. 어제도 감사하고 오늘도 감사한 삶, 그래서 그는 현재를 '내면세계에 그리는 독후감'이라고 말한다.

시 속에 언제나 감사의 마음, 사랑과 행복이 담겨 있다. 그래서 그는 행복한 신앙인임이 틀림없다.

무작정 감사는 어려워
의식과 무의식의 조합이
잘 이루어져야 되는데

모든 의식은 욕심이라 했어
의식은 생각이고
무의식은 마음이야
무의식은 감사하지 않은데
의식은 감사해야 한다고 우겨

그럼, 어떻게 해야 할까
의식은 무의식의 아픔을
잘 관찰해야 해
그런 후 감싸 줄 언어를
떠올려야 하지
그리고, 의식은 무의식을
위로해야 해
－ 시 「마음 챙기기」 전문

 의식은 무의식의 아픔을 관찰하고 감싸줄 언어로 위로하
는 마음 챙기기 활동, 그것이 아마도 시 쓰기가 아닐까 한
다. 시인은 자신의 경험을 소재로 하여 시에 살려서 삶의
미적 구현을 위해서 노력하는 사람이다. 신순희 시인의 시
는 한국인의 정서와 기독교적 가치관이 결합 되어 시인 특
유의 영성과 경건함을 드러내고 있다.

당신은 나에게
바람이 지나가면서
꽃이 피는 이유입니다
즐거운 봄날 되시길 바랍니다
따분한 순간은
절대 없을 겁니다
사랑하는 이여
황무지에 들꽃 피듯
당신의 꿈이 똑같이 피고
항상 덜 아프시기를 바랍니다
사랑스러운 임이여
봄날은 / 겨울과 여름의
균형을 이루는 계절인데
새봄에 / 행복과 삶의
균형을 맞춰주니
은총을 마음껏
누리시길 바랍니다
– 시 「사랑하는 이여」 전문

　사랑하는 이에게 편지 형식으로 쓴 축복의 시다. 이 시를
통해서 햇살은 한쪽으로만 내려오지 않는 법이란 사실에
주목한다. 시와 시조라는 글빛이 많은 독자들에게 들어와
서 마음을 더 밝게, 삶을 따뜻하고 있다. 이것이 시 쓰기,
혹은 삶의 순리다. 내 것을 나눔으로써 나 자신이 더 풍성
해지는 것이다. 신순희 시인이 시와 시조 쓰기를 통해서
독자들에게 자신의 삶을 나누고, 이에 독자들의 감흥을 불

러오는 선순환의 행복과 기쁨을 만끽하게 되는 것이다.

> 하늘의 이슬처럼 대지의 새싹처럼
> 바다의 물결처럼 심연의 신비 품어
> 삶 속에 스민 일상들 감사로 피어난다
> – 시조 「감사 5」 전문

 시인의 행복은 항상 감사의 일기에서 시작된다. 그 읽기가 시와 시조로 발현하면서 신앙을 통한 성찰, 영적 교훈, 도덕적 메시지를 전하는 것이다. 이는 시인에게 행복의 삶으로 이끄는 삶 속의 일상이다. 읽는 이로 하여금 기도나 묵상으로 이어지게 하는 힘이 있는 것이다.

> 잘게 부서져 내리는
> 맑은 햇살이 감사하게
> 느껴질 때
> 하늘의 비밀을 받아
> 꿈을 꾸듯 살아가고
>
> 구름이 빛을 가려
> 하늘 위와 하늘 아래로
> 나뉠 때
> 누군가가 해야 하는 일이면
> 스스로 자원하여
> 뜻을 이루어
> 천상의 화원을 바라보듯

기쁜 마음 되어
전진할 때
등 뒤로 비친
당신의 은빛 머리는
또 다른 당신의
등불이 됩니다
– 시 「성도의 삶」 전문

신순희 시인은 감사의 마음으로, 혹은 자원봉사로 헌신하는 삶이라고 할 수 있다. 바로 예수그리스도를 닮아가는 삶인 셈이다. 그리하여 시인의 삶은 타인의 길을 안내하는 등불로 사는 삶이다. 무엇보다도 매일 일기처럼 쓰는 그의 시와 시조는 아름답다. 언제나 사랑과 감사의 마음이 담겨 있기 때문이다.
이제 그가 아들의 목사 안수식에서 쓴 시 「너를 보내며」를 살펴보자.

일 년 중
가장 따사로운 햇살이
오월의 대지를 감싸고
온갖 다양한 빛으로
대지가 화답할 때

햇살만큼이나 구석구석
부족하지 않게 비추는
은혜를 주신 주님께 너를 보낸다

마음은 기쁨으로 가득하나
알 수 없는 눈물이
자꾸 흘러내린다

이젠 내 자식이라고만
고집하기엔 넌 너무 컸고
그분에게 가까이 있어

바른길도 길이고
굽은 길도 길이나
삶의 길은 누구나 똑같다

의식도 깨우고
무의식도 깨우는
좋은 지도자가 되길 기도한다
모두가
가시밭길이라고는 하나
가시를 잘 다듬으면
아주 귀한
삶의 지팡이가 자라나겠지

때론 흙탕물에
옷깃이 젖어도
효능 있는 세제를
준비해야 할 것이야

오직 말씀과 기도와
긍휼을 몸에 지니어
만물을 온전히 다스리시는
주님의 강한 팔을
의지하길 간절히 기도한다
　　　– 시 「너를 보내며」 전문

　이제 시인의 삶은 가시밭길을 걸어도 삶의 지팡이를 준비
한다. 물론 오직 말씀과 기도와 긍휼의 마음으로 주님께
의지하는 삶을 간구하고 있다. 그리하여 시와 시조 쓰기를
통해서 사랑의 기쁨과 감사의 마음을 행복으로 수놓고 있
는 것이다.
　이제 많은 독자와의 만남을 통해 성숙과 쉼의 시간이 필
요하다. 부디 많은 독자에게 신앙 시집 일독을 적극 권하
고 싶다.
　결론적으로 신순희의 신앙 시집은 감사와 사랑으로 행복
을 전하는 메시지를 지니고 있다.
　이제 새로운 계절을 다시 기다려도 좋으리라. 그의 끊임
없이 노력하고 도전하는 모습에서 많은 이들이 응원을 보
내고 있다.
　다시금 사랑과 감사의 마음으로 사는 행복하고 건강한 신
앙 시집을 모든 이에게 권하고 싶다. 행복은 모든 이가 함
께 만나는 축제이기 때문이다. '나와 동행하시는 그분'께
다시금 감사와 간구가 있는 나날이 되길 간절히 소망한다.

■ 글벗시선 227 신순희 신앙시집

나와 동행하시며

인 쇄 일 2025년 5월 30일
발 행 일 2024년 5월 30일
지 은 이 신 순 희
펴 낸 이 한 주 희
편집주간 최 봉 희
펴 낸 곳 도서출판 글벗
출판등록 2007. 10. 29(제406-2007-100호)
주   소 경기도 파주시 와석순환로 16,(야당동)
          롯데캐슬파크타운 905동 1104호
홈페이지 https://cafe.daum.net/geulbutsarang
E- mail   pajuhumanbook@hanmail.net
전화번호 010-2442-1466
팩   스 031-957-7319
가   격 12,000원
I S B N 978-89-6533-300-5 04810

* 잘못된 책은 바꿔 드립니다.